冬の森番

青野暦

思潮社

冬の森番

青野暦

思潮社

装画＝堀江栞

冬の森番

トゥー・マッチ・ハピネス

ペーパーバックの背を丸めて立ち読みをするのがわたしの癖で。江原書店のおかみさんはイヤフォンをつけパソコンで何か動画をみて笑っている。トゥー・マッチ・ハピネス。アリス・マンローの短編集（二五〇〇円）のときも怒られた。お金を支払う。バッグにしまわずに、その本を片手に高田馬場まであるく。古本屋の均一棚の前でときどきたちどまり、早稲田松竹で映画のポスターを眺めながら。背を丸めないで。自分の背筋のことを言われたわけでもないのに、もう一度、江原さん、というのかあの人は？　違うかもしれない、白髪の店主の声の響きを思い出す。山手線に乗って新宿に向かう。東口に出て紀伊國屋書店に行く。きょうはもう本は買えない。手に持った本の表紙の、ピントのずれた緑のスカートに赤のセーターの女性が雪原を走る写真を撫で、売り物の本がからだのまわりに一瞬まとわりついてから、流れていくのをみた。わたしは猛烈に本が読みたくなった。書店を出てもうすこしあるいた。ひとが少なくなるのを待つ気持ちだったが、いつまでもどこまでもひとはいた。安らぐための木もなかった。仕方がないから、ZARAのショーウインドウの端、空をみあげているおじさんの横に座る。季節をあらわすことばは、もう役に立たなかった。動物の匂いがした。わたしは本を読んだ。聖地をみてきた？　とかれは訊いた。髭。

ああ、確かに聖地をみた。
そう応えて、わたしは正体を現した。
白紙の頁を本から破り、熱い石の上に置いた。

冬の森番

玄関先で
セーター一枚では
もう寒いことに気がつく。
サイズのおおきいジップ・パーカーを
とっさに借りて、家を出る。
駅まで急ぐと、汗をかいた。
中央線で電車に乗って

約束に遅れないですむとわかってから
パーカーのあたたかさをおもった。
てのひら一枚ぶん、余計に
わたしを覆う袖を眺めて
父がいなくなるときが
詩のなかに一瞬ひらめくのを
紙もペンもなしにわたしは理解した。
虚構のてのひらの上には
枯れかかったばらの花。
東京の冬の日に
その色のすべての粒子がふるえて
かがやいている。

用事をすませて家に帰ると
父がおいしそうに夜ごはんを食べている。
このひとは日々
何を食べるかを楽しみに生きている。
その合間に仕事をして、本を読み
ときどきは家族のことをおもっている。
よく着るセーターには
タイトルをつける。
いま着ているのは、「冬の森番」。
モス・グリーンの地に
別の緑色で十字の模様が入っている

若いころからの
お気に入りだ。

雷注意報

プールから
からだを地上に戻した。
目をあらい、うがいをする。
シャワーを浴びて水着を脱ぎ
はだかのまま、ドライヤーで髪を乾かす。
階段ですれ違う
こどもたちの群れ

頬をゆるめないように気をつけて
受けとめる。ぶつかりあう
個の意志のあかるさ。
鷹の台の駅から本通りをまっすぐあるき
きょうもレコード屋に寄る。
白髪のかっこいい店主がいて
ジャズのレコードを聴かせてくれる。
かんたんに、いい、と言わないで
理解できない
きらめく混沌を知るときの
渋みを横顔にきざす
いつか微笑みに傾ける

一九五七年の
ジム・ホールのジャズ・ギター
ありがとう
そんなふうに、また誰かと出会うよ。
遠くの空が、ときどきひかり
グラウンドにはサッカーボール。
駅前で、焼き鳥を買った
女子高生
おおきく口を開けて食べている。

会話

好きなものはなにときかれて
答えにつまった
本は好きだけど
そんなことはもう知っているよな

翌朝
早くに目が覚めて

服を着替えて散歩にでた
あるくつもりが走りだしていた
健康のためにとか
まっとうな理由はなく
太ももがふたつ
順序よく上がり
腕は振れ
走ることにからだがふいに出会っている
汗がでて
曇り空は変わらずそこにあり
わたしは何が好きだったか
思いだせそうな気がする

ところできみの好きなものはなに
ものじゃないけれど
いいよ

住んでいる街の近くでも
旅先でも
そこに何があるか知らない
降りたことのない駅で降りる
スマホは見ずに
案内板や地図もなるべく見ないで
耳をすませて

匂いをかいで
あるきだしたい方にあるきだしてみる

曲がり角をみつけたら
あるくスピードを
すこし上げる

ノヴェンバー・ガール

ジャズ喫茶で音楽を聴くだけの午後をすごした。カルメン・マクレエのレコードを好んでかける店主はフリーペーパーをお客に配っている。タブロイド判の新聞のようなおおきいもので、写真が美しい。表紙の俳優のインタビューで出たことばが白抜きだ。端正な顔が、意地悪くゆがむところを想像しながら頁をめくると、病気になった恋人と別れて、いまは別の恋人がいるひとの話。かんたんに消費できない時間が、きれいな足をみせて、アディダスの青のジャージまでひっかけている。わたしはレモンティーを飲み、マクレエのノヴェンバー・ガールを聴きながら、それを読むことを諦める。画家とダンサーとクライマーとユーチューバーと歌手とラッパーの人生を折りたたんで、無印良品で買った肩の凝らないバッグに入れてしまう。隣の席のカップルが、勘定をして去っていく。配られた紙の束は席に残したまま。表紙の俳優の、草花模様のワンピース、肩までの髪に、まなじりのあたりに左手を添える仕草、輪郭がぼやけて、何が埋めこまれているか定かではない指輪のあたりを、もういちどみて、目を閉じる。わたしは消費者だ。最後まで解釈を拒む、謎の石を求めている。

十二月の日記

十二月八日
国分寺駅前で
臨時召集令状と書かれた赤い紙を渡される。
真珠湾攻撃の日なので赤紙を配っている
とパーマのおばあさんは言う。
どういう気持ちになるのが正解なのか
よくわからなくなりながら

数秒立ち止まった自分に後悔する。
電車に乗って
リュックのポケットに赤い色を内側にたたんでしまう。

夜になって
カフェできみと話しているとき
わたしはわたしの読むべき本のことばかり
考えているのが恥ずかしかった。
ランプシェードのおとした円の下で
新しいセーターの
エナメルの模様が光を反射する。
それぞれに違う神さまを信じていても

アイ・ラブ・ユーをうたいたい
と誰かが話しているのを
他人事のように聞いていた。

白鳥とラーメン

正宗白鳥の『今年の秋』はときどき読みかえしたくなる。わたしが持っているのは中公文庫で、昭和五十五年の発行。六百円で古本屋で買った。どこの古本屋かはおぼえていない。読みかえすことは、前に読んだときに鉛筆で線を引いた箇所を中心に起こる。場合によっては、上着のポケットやジーンズの後ろポケットに本を突っ込んであるくだけでもよい。真剣にあるき、わき腹か尻に文庫本のかたちがぶつかるのを心地よく感じながら、わたしは白鳥を読みかえす。

「僕は絶望の詩を書いた人だけではあき足らない。詩を書くなら、絶望のない、ほんとうに燦爛たる光に当たるような詩を書く人はいないか。そうして僕らにもそういう光を感じとらせてくれる詩がないか、ということをよく考えるんです」これは二一二頁からの引用だ。

わたしは、もうこれ以上言うことはない、という気持ちに、白鳥を読んでいるとかならずなります、と心であなたに手紙を書いた。図書館へ行く途中にある中華そば屋に入り、食券を買ってラーメンを頼む。白鳥は胃腸が弱かった。随筆に繰り返し書いているし、小説でも似た体質の主人公は数多い。しかし白鳥の好物は天丼とビフテキだった。ラーメンはどうだったのかな。食べたことありますか?背の低い丼に、浅くスープが入っている。量が少なめの麺がたゆたい、チャーシューとメンマ。そこに玉葱のみじん切りが重なる。麺はくきやか、のどごしがいい。甘いだしの香りが鼻に抜けて、のれんの向こう、いちょう通りを、白鳥が図書館のほうへあるいていく。

窓

閲覧室の
おおきくとられた窓の前に立って外をみる。
その色はと訊かれても
こたえられない。
そう単純なものでもないか
風に揺れる
梢の色は

空に浮かぶ雲の色は。いや、ちがう。
ことばだ。
窓の外に
液体になったまなざしをだらだらと垂らして
不用意な
背中をみせてまで
いまわたしが躓いているのは。
動くものよりも
動かないものが数多くある
画の前に立って、しばらく楽しんだら
また次へ。すぐに疲れるよ。
無理はするな

と言うひとの足元に
はだしがあり
かかとの高くなったサンダルが
それを縁どる。
きれいな曲線。恋と物理。
恢復のしるしとして
地面に咲く花が目に入る。
むらさきいろの
ラベンダー
いい香りだから
胸のポケットにさして行きなよ。

風邪ごこち

まず、顔が寒い、わたしたち。帽子、マスク、耳あてとしてのヘッドホン。銀色のそれが本来持つ、静けさをはなれて、動物のように頭をくわえこんでいる。もののかたちが人間よりもおおきく、色をはみだしてみえる。足がふらついて、家に帰る。熱をはかるのももどかしく、水を飲んで眠る。

午前二時、目が覚める。お腹がすいた。汗にぬれた服を着替えてお湯を沸かす。卵入りのインスタント・ラーメンをつくる。日付が変わっている。十二月二十九日。きょうは祖母の命日だ。

これを食べてもう一度眠る。墓参りには行けないだろう。よく晴れた日をこたつから眺めてすごす。鷗外が死んだ夏の暑い日の、荷風の日記を読みかえす。余裕があれば外に出て、野川沿いを散歩する。枯れ草が川岸近くにゆれる、そのリズムを知る。子どもが長靴をはいてざぶざぶと流れの抵抗を楽しむのも。うれしい、というのではなく、どこか冷たい目で、景色をみている。いかなるいとなみも自分には関係ないと嘯いて。

家族のあたたかさにあふれた物語を書くとき、祖母はそうした、こころの淵をのぞきこむ視線を持った。わたしはいつかそれをやさしさの条件のようにおもっていた。

わたしの内側のどこかに目が明いて、みつめると、ラーメンができている。葱くらい切ればよかった。のびた麺を繰り、不味いとつぶやきながら、その不味さを味わっている。うつくしいことばが追ってくるのを逃れ、風邪ごこちの、きょうの再会をよろこんでいる。

祖母の年譜

昭和三十二年。二十一歳。東京の専門学校で資格を取って、帰郷。栄養士になると思っていたが、知人のすすめで算盤と作文の試験を受け、ミドリ中学校の事務員になる。自己流で学んだ算盤の成績は一番で、後に生徒にも教えた。十名ほどの先生の給与計算はすぐに終わり、暇だった。運動会では、丘の上で女事務員たちがダンスをした。校長は午後三時になると魚屋に刺身を持ってこさせて日本酒で一杯やった。魚屋に借金が三万あった。若かったので不安になったが、副校長に校長は山を持っていてあれを売れば大丈夫、となだめられた。初任給六千九百円の時代。ときどき罠にかかった動物を調理した。ぃのしし？

原稿用紙にここまで書いて、鉛筆を置いた。
夜も更けたので風呂に入る。
湯船につかり、ゆっくりまぶたをあけとじ。
壁になめくじがいるのに気づき

からだがこわばる。The only thing
we have to fear is fear itself.
ルーズベルトの演説の文句を、唱えて耐えた。
年譜のことば選びにも、筆者の主観が混ざる。
反省をして早くに寝る。明日は昭和三十三年。

待つ間

「小説の言葉」で詰めるのではなく、
途切れがちな恋の話や
英語の fuckin' を
見るともなく眺める
時が
かかとの音を高くして
いよいよ近づくのを待つ間

青いフードをかぶって
だれにも聞こえない睦事を
電磁のいのちにつぶやきつづける
かわいた唇に今
たたいてものばしても無駄なこと
紅く塗りたくって
はだかのまま
部屋を出る

きみとごはんを食べるとおいしいのは
きみの眉間に大きな川が流れているから

田も畑も村もひともあり、
ふたつと言わず、
数えきれない
心の臓がひかっている
すべてにキスするには足りない
愛が、愛が、愛が、
微笑みにも茫然にも
ただ通り過ぎていく

ひかりのたぐい

水撒きを終えた
てのひらで包むことがわたしたちを箱にし
隔てる
そう考えていたから
ふれることができなかった
おりこうな機械
青い炎のやわらかい

虚ろに親しい森のなかで
乳房は
溶けだしていく
ひとめには
雲のようにとおくあまやかだが
次第に尖る
硝子細工の
小さな家を
握りつぶす痛みをおもう
だきしめることができたら
よかったのに
シャツの下で凍っている交響曲が

スプーンに掬われ
まるで興味のなさそうな
くちびるに近づく
ねばる舌先が
熱を帯びて歌に代わり
きれぎれにかわいた
嘘の束を綴じていく
天文の絵の
記述となる日のことおぼえている
疑問形で、繰り返す
すがるままに
白い

ノートの切れ端に描かれた
こころから憎んでいるひとが線路に分ける
微温の肩口
はげしく傷つけられた
その紙の肌に抱擁よとどけ
祈りの鶴を穂先で愛で
たかぶる
ひかりのたぐいとなって
奇跡みたいに
たいせつなひとの命日みたいに
牛血紅の器を割り
旬のトマトをかじる、あかあかと

罪のはがね
が積まれている
ふるえる弱い矢印をまっすぐにみる
絶望する
と、癒されていく
わたしたちの胸の色
空いっぱいに
ふれてみてよ
すぐそばにいるから
きょうはこんなにも晴れているから

お見舞いの日

病院のロビーで母に会う。紙コップに入ったそれぞれ九十円の抹茶ラテとココアをすすりお互いの生活の報告をした。病院の食事は、意外と悪くない。元気になってきたね。よかった。昨夜、寛容についての手紙。誰の本だったかな。わたしは、きみがどれだけ間違っていても、そばにいると決めた。と、詩を書くためのメモに書いた。ここに来るまでのバスのなかで読み返して、くだらないと思う。きみは間違っている、と書けばよかった。金輪際、顔もみたくないと書けばよかった。ここは空がみえるの。空をみながら言うのでわたしも空をみる。十階だしね。おおきな空だね。いつも、あるはずなのに、わすれてた。こどものときを思い出した。郡山の空、仙台の空。あれ、スカイツリーだね。帰ったらね、ゲーテのファウスト読みたい。あとねミヒャエル・エンデのサーカス物語。おっけい、用意しておくよ。星に願いを、ってピノキオで出てくる曲なんだね、庄野潤三読んでて、はじめてわかった。それ、いいよね。いいね。表紙を撫でながら、視線は空。お父さんもね、こういう文体で生きたらいいんだって、これ読んでると思う。どうしてそんなに仕事するのって、そういう言い方してもダメなんだ。文体を変えたらって言ってみる。そうだね。それがいいね。わたしからも、言ってみるよ。言えなかった。だから詩を書いている。夜は、ポトフを作って食べた。ひと手間で、おいしくなる。そのひと手間を、思い出すのに時間がかかった。バターで人参とジャガイモとベーコンを最初に炒める。なべ底で、バターが茶色く焦げて、いい匂いがしている。水をいれたら、ゆっくり待つこと。

とてもかわいい

尊敬、しているひとと
行くものじゃないでしょう。
川と草と肌と瓶ビール、ときどき浴衣なのよ
とてもかわいいのよ、わかっているの。
ただしい資本主義
を好まないのは誰なのか。地下鉄を降りて
三人称だと信じている姉の

住んでいる街に出たことから
「虚構」だったのか。
疑ってみることもできる。隣席で天使は
カーディガンを寒そうに羽織って
つばさを隠した。おとこでもおんなでもない
それは単に書いてあること。
上がり框のつぼに花火。
蟹が畳の目に引っかかって。
スーパーマーケットのすすけた裏壁。
ガクアジサイは枯れている。笑を
つけるかどうか、半日悩んでいるなんて
やっぱり、あなたには力があるのね。

簡明に性を分かちたがる外へ
太いダクトを通って消える、聖なるひとよ。
冷房が効きすぎていませんか。
大丈夫です。羽織ると熟れた
わたしのすきなつぼの色だ。
自慢げに、閃く音を響かせている。
気づかない。すこやかさの
鍵はポケットにあるのに。
あかるい声のピアニストが
教えてくれたボンタンアメの包みをあけとじ
しながら無言の
次の階段に

[illegible]たってひだりあしを差し出している。
爪先は高くあげて。

移民たち

オレンジ色の
ランプの灯りの下で
四十五度の角度で立ちあがった鏡に
時間はうつらない。
羽根をはばたかせながら
おしゃべりに夢中のインコが
いつまでもくりかえし

労働のすばらしさについて歌をうたう。
のぞきこんだ白い箱のなかに
たいせつなものの痕跡。でもいまあるのは
石炭ばかりだ。それにまみれて
いくつの国境を越えてきたのか。
呼吸はできる。煤けた肌を
元に戻す必要がある。
カット、カット。過剰な量の
切り返しの笑顔と
皮肉の効いたセリフから逃れて
無表情で沈黙する。どうしてだろう
それでもわたしたちは

からだを運ぶことをやめない。
わかりやすい表現として、血が出ているが
期待されるほど天使のようには
ふるまえない。水滴が
ぶつかってくる。
ひとつひとつが、宇宙に浮かぶ
すでに死んでいる
星のおおきさ。

「すずむし」と反省

中央線で目の前に座ったひとは
両てのひらに載っている
すずむし
と書かれた箱のなかを
古い、たいせつな手紙を
読み返すときの
神妙な顔つきでみている。

夜だったか昼だったか
月は出ていたか、秋だったか
おぼえていないが
公共の場で
臆面もなく
ひかっているひとを
久しぶりにみた。

小平市民体育館の温水プールで、一時間泳ぐ。平泳ぎ。ときに窓側のレーンであるくひとたちの列に加わり、休憩をとった。オーマイグッドネス、とすぐ先をあるいていたおばちゃんが言った。もうひとりのおばちゃんが笑顔で手をふりプールサイドをあるいてきた。

古いレコードを売る店に向かうとき、秋の虫の音がきこえた。行分け詩「すずむし」はすでに頭になく、プールでみたふたりにリディアとかジョゼフィーヌとか、てきとうに名前をつけて物語を書きはじめている。そうした、ふと現実に訪れる夢のなかで、わたしはいつも背が赤い布でできた、表紙と裏表紙のかたく丈夫なノートをひろげた。レコード屋の店主と好きなギタリストについて話してから店を出る。あの日きこえなかった虫の音がいまはよくきこえる。書くことは、はしたないことだと思う。

新宿御苑

たこの口を
頬に寄せて
わたしきみのおもしろみを
吸い取ってばかりだと思うときが
いっぱいある
と言ったひとに片思いをしている
もう長いこと

おもしろみ
とは何か、考えている。特別ではないからな
告げる横顔に鉛筆がのびている。契約のため
意志のため白紙の前に佇んだわけじゃない。
二時間も三時間も
微笑みがえし。
キャンディーズばかりの雨嵐。
もうこの街は終わった、と肩のちからを
抜いて、ナンパしてきた四足
動物に気をゆるすと、草原へ開いた
扉もみえる。あれが
入口だったのか。ねえ、ここまで書いて

疲れちゃった。
主題が主題だしな。あなたの書くものには
たぶん経験が足りないのね、と
ときどき本当のことを言う
祖母（九十三歳）のことも一瞬わすれた。
中央線にのって
新宿に行こう。
ビル雨にも負けずビル風にも負けず
お弁当と
ヨガマットを持って
花の盛りの御苑に
いこう。

はじまり

早起きした朝は
トマトジュースを飲んで
庭仕事をする。みないうちに
伸びてきたね。
ひとのことばで話しかけて
刈っていく、大きな柄のドクダミ。
玉ねぎとひき肉、それにキャベツを

ボウルにこねて、薄皮で
ひだをつくって包んでいくと
いつかみた、デンマークの海辺の町の
油彩でできた、白い、ばらの花が
てのひらにいくつも咲いていく。
シュウマイだよ。食べることができるのに
きれいにできたね、と
いつまでもみとれているひとがいる。
育ってきた土の香りがした。楓の種子には
羽根が生えている。梢から降りていく、翼果
はじまりの、たおやかな舞い踊り。
細かくなった水の粒子が

ツゲやアオダモに
脱皮したばかりの
沙羅の木肌にも
ぶつかっていく。
みんながどんなかたちをしているか
すこしずつ、理解していく。
花の屑をふみわけてあゆむ
いま、会いたいひとのささやきが
きこえるほうへ。

恢復する

やまいだれの
すべりだいの
勾配は、厳しさを増して
きみの青色の名前は
記憶の港町で
ちいさなてのひらをひらく
弱い矢印となって

沈黙の手紙をくれる
ダリアの素描だけが白紙を埋める
キウイフルーツのみどりの果肉にも
さやかな夏の後口に走り去る
透明な産毛にも
ふれることができないまま
部屋にこもり
四肢はほつれ
ポリフォニーはつれづれに枯れ
哲学する象の
重たるい尿に似た
金色の雨が降り

降りつづき
地を這って届く耳と
回転する羽根の複眼を借りて
歴史地図をかたどり
あべこべの色できりとっていく
日々の屍をあつめてできた
屋根になってここにいる
ストローをのばして吸う
秋の
鱗雲
「あしたの場所」がみえるか
「かけがえのない空」がみえるか

生活

食器を
かわかすための
カゴのなかで、底の深い
皿がひっくり返り
衝撃が伝わって、箸のとなりから
おたまが飛び出した。
シンクの角にぶつかって音を立てる。

とうとつにひらいた
生活のやぶれめに
滑稽なほどうろたえている。
そうことばにできたら
まずは安心、というところもあるのだ。
ストレッチをして
日曜日の
新聞の俳壇に好きな句をみつける。
階段を一歩一歩踏みしめて
公園に行く。記憶の
桜の花びらや
蟬の鳴き声に

惑わされずに、枯れ切っている
はだかの余白に
何を描くことができるのか
考える。ポケットに手を入れてみても
鉛筆はなかった。年輪を秘めた
幹をじっとみていた。
表情が浮かぶ。
風に揺れる
梢が空をひっかいている。
動かないものをくすぐって
笑わせようとしている。
雲のあいだから射す日のひかりに

相槌を打ってみせている。

また逢う日まで

眉をゆるめて、牛肉ともやし
炒めただけなのになんでこんなに
おいしいんだろう。それだけ考えていると
青白くかがやく冬の月のお皿から
ふいにひろがっていく
空白がある。名前はつけないけれど
慕わしく感じる、その空白が

風邪をひかないように
首筋をあたためるための布を織るうち
吠える動物の影に釘付けになった
ふくよかな友人を呼びだしていた。
たとえ死んでいても
東西線でダウンした短パンのおじさんに
肩をかすくらいの元気はある
いつものわたしだ。野菜だって
たくさん売ってきた、自信たっぷりに
そう切り出して。おもいきり低音の
こんばんは。きゃりーぱみゅぱみゅです。
爆笑だったね。ポピュラー歌手たちの

ものまね、遡ってしていくと、飲めなかった
はずの、お酒がおいしい。徐々にもみあげも
時代にあわせて伸びてくるみたいで。
塩を撒いて
幸せの後ろ姿を退治しても
顔のパーツは、みんなちゃんとあるから
安心した。すこしふしぎな気持ちにもなる。
好き嫌いをおおきな声で言いあって
気がつくと
ひとつの歌をうたっているのだ。

天国と地獄

映画をみた。記憶のなかでは白黒だったところを、勝手にカラーにして思い出している。富豪の家の運転手の子どもが、富豪の子と間違えられて、誘拐される。悲劇に気づく直前、子を呼ぶときに、運転手は息子のためにきがえを持って、画面に現れる。汗になっていると思いますので。遊びつかれて、汗びっしょりになるなんて、わたしには久しくないことだ。からだを動かしたくなって、部屋の掃除をした。しばらくは読み返せそうにない、本をまとめて紙袋にいれる。それをふたつ、つくって、両手に下げる。外に出て古本屋まであるくと、はじめは風が冷たく感じられ、人通りのすくない風景が胸を刺すが、ゆるい坂道をいくつか越えるうちに汗をかいてくる。背中の肩甲骨のあいだに昨夜言い返せなかったことばが凝っている。わたしは弱い矢印、きみからは何ひとつうばえない、などと、大事にとっておいた貧弱な詩のメモも、汗になってしまって、いきいきと、意味以前のこだまになる。ふるえながら、流れ出していく。

きょうはずいぶんあたたかい日ですね。古本屋にも喫茶店にも挨拶を返すひとはいなくて、ことばは捨てられて、もう必要ない。頭に直接伝わってくるから、空気は妙にきれいになった。天国と地獄。

ここはどちらなのだろう。誰かの目をみて、口をおおきくひろげて、ごはんを食べて、反復に満ちた味気のない会話をしていたい。そう考えて、すこし泣いた。家に帰り、昼寝をしているうちに、何がかなしかったのか、わすれてしまった。

冬の森番

著者
青野暦

発行者
小田久郎

発行所
株式会社思潮社
〒一六二－〇八四二　東京都新宿区市谷砂土原町三－十五
電話〇三（五八〇五）七五〇一（営業）
〇三（三二六七）八一四一（編集）

印刷・製本
創栄図書印刷株式会社

発行日
二〇二一年九月一日